句集

晩緑《ばんりょく》

行方克巳

朔出版

句集　晩緑　目次

装丁　奥村靫正／ＴＳＴＪ
題字　文徴明「行書千字文」
「行書緑樹帖」より
（国立国会図書館デジタルコレクション）

句集　晩緑

I

花は葉にたいしたことも考へず

出口なき入口ふたつ夏の夢

短夜の夢にこゑ喪ひしこと

遠くより呼ばれて昼寝覚めにけり

一滴が一滴を生みしたたれる

母の日の薄墨色に暮れてゆく

飛ばざれば荒鵜の翼鋼なす

荒鵜羽搏つ一瀉千里をこころざし

サングラス胸ぐらを摑まれてゐる

沈むべく泛くべく沈み水海月

泥せせり泥をくくみて夏燕

泥の舌きよらに鳴けり夏燕

空蟬に象が入つてゆくところ

蓑虫の夜さりのひとり歩きかな

秋雨のオシログラフを見てをりぬ

一穂を摑む花野の立ち暗み

眠らざる眠れざる灯の夜長かな

カンナ燃えさかる犬が死に婆が死に

秋の野に遺棄されしかば耕せり

音はねてまた音充ちてばつたんこ

峡の日の一滴二滴烏瓜

この指に止まらぬ小鳥来たりけり

水の秋愚直のくひぜたらんとす

秋の蝶番ひて羽搏つしづかさよ

人類滅亡百年のちの秋の空

礫像のいまも生傷そぞろ寒

秋風や野ざらしが口きけば父

落花生畑の母をまづは訪ふ

無花果に唇ふれしとき悔ゆる

致死量に足らざる鬱や秋かわき

サングラスはづせば只の秋の暮

秋の海見る横顔を見てゐたる

白息を交はして止みぬラブシーン

冬の虹切り分けてみなひとりぼつち

朝な朝《さ》な海は色変へ雪螢

地下モールにも木枯の出入口

着ぶくれて憂しとやさしと世の中は

鷹の眼のたれも拒まず何も止《とど》めず

忘年会箝口令の敷かれある
おもたせの何ぞと問へば鍋破《なべこはし》

みひらきて梟何も見てをらぬ

熱きもの鯛焼のはらわたばかり

狡猾な眼をして鮫のひるがへる

鰊の卵食ふとき魚の眼

大根のこんな処にも笑くぼ

暖房のごつんがつんと効いてきし

白鳥の泥の蹼無礼なり

鰭酒にむせて崩るる面子かな

ぼろ市の吹きつさらしの黄八丈
美醜とは鮟鱇にあらず人にあり

II

初夢の死んだふりして死んでゐる

薺粥人はひとりのために生き

踏切がへだつ成人式の二人

成人式不参「少年A」のまま

子供らは冬樹の瘤に触れたがる

枯枝のごとく棒鱈束ね売る

忘却に針させば亀鳴けるなり

白魚の百の黒目よ何もいふな

和して同ぜずうすらひとみづうみと

浅春の水を打擲してあそぶ

無味無臭而して無策冴返る

ＬＰが拾ふ古傷冴返る

病気では死なぬ命や梅二月

白梅の鉄幹にして柳腰

供養針畳に拾ふ寒さかな

春の星とぽんとぽんと水のうへ

春はものの汚れ易さよマスクまた

二月尽く何事もなくなにもなく

うぐひす餅のやうなり母の夢語り

おざなりの甘噛われに春の猫

泥抽いて泥の光の蘆の角

蘆の角伏流水をもて焠《にら》ぐ

雀しか知らない子らに囀れる
ピッコロのパート奏でて囀れる

映りたるほんととうそと水温む

春颯々たり始祖鳥の風切羽

ドロップのやうにべたつき春の星

半可通教師に馴染み卒業す

傍流は傍目もふらず雪解川

啓蟄の午後やわが身に饑神《ひだるがみ》

大袖の血の色くすみ春時雨

中天にふつりと消えて凧の糸

蜥蜴穴を出でて断尾の愁ひかな

蟻穴を出で守一の蟻と会ふ

四月馬鹿くわくこうと鳴く鴉ゐて
あそびけり子猫のいやがることをして

六芸神われはも花の戯れ神

一輪をことごとく欠き二輪草

大悪人あらずは大愚山桜

修司忌のかもめブーケのごとく泛き

冷蔵庫開けば春の風邪心地

野遊びの君を額田と思ひけり

雲にのる白つめ草の踏みごこち
我がための枝折なるべし草若葉

草餅や蝶も飛蝗もみどりの血

行春や輪ゴムのごとく劣化して

茅花流し母のことその母のこと

紅一点二点点々蛇いちご

隠岐

軽暖や遠流の島に観光課

夕ぐれの色をふはりと白牡丹

だんまりのいつまで二人余花の雨

豆飯の香のふつくらとして来たる

船虫のぞろりと動きさと散れる

延齢草恋せぬ男どちとゐて

六方を踏んで雷遠ざかる

泰山木咲いて病者につねの日々

噴水の列柱に触れつつ遊ぶ
おしやべりの唇まるめさくらんぼ

したたりの絡《から》繰《くり》ゆるびなかりけり
寸落とし尺を落として滴れる

六月の花嫁《ジューンブライド》笑へといへば笑ひけり

たらちねのさしぐむほたるぶくろかな

こころにも積木崩しや夏出水

冷え冷えと暖炉ありけり夏館

己れくづほれて水だこ午睡覚め

夏至の太陽つひの一滴とはなりぬ

冷奴呉越同舟とはゆかず
ヨオと手を上げて他人や夏の宵

くびすぢに触れし男や螢の夜

漆黒の書割ゆらぎ螢沢

六月の海の掻き傷ためらひ傷
雲の峰青春18きつぷ手に

旋盤が唸り葵の咲きのぼり

立葵ガラス吹く汗したたらせ

立志伝すぐに晩年緑濃き

わが夏の藍の巻にも入らんとす

錆釘のごとく突つ張り蝮の子

ポケットのその膨みは青大将

ひんやりと青大将のおとなしき

蛇皮を脱いでまつさらなる一と日

ごみ鯰命のごみのひしめける

炎昼のゴリラその一その二その三はわれ

炎昼を片身の魚のごと泳ぐ

右肩の晩夏の痼もてあます

トマト臭いトマト太陽一個分

綿菅の吹かるる高さ吹かれづめ

扇風機父にうしろを見せてゐる

くちなはの覗いて行きし巣箱かな

考へるひとのかたちの溽暑かな

首縊り縄灼けカレーの市民灼け

わが海馬トリュフなしたる溽暑かな

偕老の鱓《うつぼ》の夏の惰眠かな

臥せば病者臥さねば亡者緑濃し

金魚にも猫なで声をつかふなり

働かぬ蟻が一匹ゐて親し

側溝に蟻の往還ありにけり

捥《もぎ》るごとくでんでん虫を引つぺがす

泳ぐといふよりももがいて亀の子は

この沼の食物連鎖草いきれ

行く夏のコルクに古き血のかをり

東京は住みよき荒地野菊かな

項垂れて人を刺すなり鬼薊

曼珠沙華道なき道道ならぬ道

孕み句ははらみたるまま西鶴忌

好色の美徳すたれて西鶴忌

西鶴忌ふたなりひらの昔より

西鶴忌文七元結ありし世の
いちにちを潰す算段猫じゃらし

猫じゃらし銜へ波止場のノンシャラン

Ⅲ

秋風の一大虚無であらんとす

万華鏡の中の秋風見てゐたる

爽やかに一湾を航きかくれなし

爽やかに何か忘れてゐたるなり

鳳仙花ひとり遊びのいまもひとり

嘘つぽい秋暑の石も水草も

涙痕のごとき銹傷秋陰り
点睛を俟つなる秋の仏かな

堆書裡のガウディ、コルビュジェ秋の風

夕やけだんだん秋風の通り抜け

草の花いまも鉄条網囲ひ

抱へたる案山子が耳元で笑ふ

秋霖やいみじきものに心の臓

秋霖やひとごとならず一と日暮れ

一と泳ぎして天の川から帰る
星飛んで何もかも昨夜までのこと

尋ね当てたれば障子を貼つてをる

秋の蚊の羽音や何に突き当たり

石榴割れ南瓜が笑ふ夜なりけり

飯田秀實さん

柿干して芋茎を干して山廬守る

錦秋を被きたる山脱ぎし山

柿一つ買ひ今生の秋一つ

食ひかけの無花果運動会の空へ

運動会素面《しらふ》の父の走る走る

明け放ち秋風の部屋秋日の間

莢の実活けてマントルピース古り

何にかしこまるとなけれど冬に入る

木枯一号新宿の目が涙ぐむ

追へば消え追はねば点り雪螢

雪螢しんそこ好きになれればいい

セロリ音たて齧る後生畏るべし

母の手のうすら湿れり七五三

振り回す棒切なくて七五三

宮の鳩すぐ舞ひ戻り七五三

大噓いま何かひらめきしかと
息白く己れの言葉もて傷む

蛇娘らしきがのぞき三の酉

三の酉マイク突きつけられてゐる

ふつくらと落葉のうへの轍かな

何に急く落葉溜りに蹴躓き

みひらきしまま木菟の白昼夢

ひと殺めたるはいつの世冬の鵙

虎落笛母のをとことひとつ闇

山眠る一切合切うべなひて

マスク落ちてゐる汚なげに憎さげに

いやな咳いやな眼付の男かな

そのマスクロさけ女かも知れず
着ぶくれて此奴狐目狸顔

鰭酒に舌焼き虚実皮膜論

冬の蠅打たるる間合はかりゐる

この店の鯛焼の尻尾がうまい

冬の坂木偶のごとくに足遣ひ

手袋の指もておいでおいでする

都鳥水の火宅もありぬべし

首吊の樹が立ちクリスマスセール

ポケットに乾《から》びてゐたり竜の玉

二つ三つ全部大根抜きし穴

泥人参洗ふ一皮むけるまで

餅代といふボーナスのありしころ
煤払ひなき世に漢煤けたる

Tさんへ

短日や他人事ならず胸痞へ

ターミナル広場の冬に紛れ去る

冬空のその一碧を嵌め殺す

束子屋の束子のクリスマスツリー

どれも千円全部千円十二月

つつつつと糸引く河豚の血糊かな

北風やお日さまといふよきことば

Ⅳ

水楢の薪が火を噴き去年今年

初暦掛けて錆釘ゆるびなき

初場所のあつけらかんと負相撲

続けざま嚙んでしまへり初高座

齋藤愼爾に句集『陸沈』あり

陸沈また我が志寒椿

殺生の後しんねりと梟は

紅塵に大寒の日の在り処ろ

追憶の冬の日時計午後何時

寒月光コンビナートは灯の砦

万歩計十歩に日脚伸びにけり

池普請眉根に泥のこびりつき

一計を案じたるなり寒鴉

立ち枯るる男たるべし荒野《あらの》打つ

浅春の汀のそぞろ歩きかな

恋猫に路地の奈落のありにけり

青空の斜面につんで蕗の薹

慶應義塾中等部二十八回生、栗原究宣君他界。
初めて担任した生徒であった。

死ぬる日のありて死ぬなり春疾風

われは――

料峭や父の齢へ只急ぐ

落第の一知半解減らず口
卒業のフェアウェル君のうなじにも

大蛤重なり合うてあひ識らず

雛僧の春の愁ひの菩薩かな

龍安寺

大欠伸ひとつ遅日の石があり

何も問はず何も答へず遅日の石

燦爛と蝶にもありし獣道

一蝶に美瑛の丘のたたなはり

岩根くつがへす如くに耕せる

麦の縞耕しの縞丘また丘

残雪の嶺々を廻らし緑敷き
蝦夷藤の処きらはず茎立てる

耕して耕し倦みてチューリップ

天日もみほぐすごとくに柳絮飛ぶ

緑さし神居古潭の水の綾

水浴びの水を濁さず雀の子

鈴ちりちり鳴らしてうかれ猫となる

草餅にゑくぼを一つ付けてやろ

赤貝の深夜嚙み切る舌はあらむ

いつぱしのことを言ふ子よ春の風邪

落椿踏み行く椿地獄かな

一掛ける一は一なり四月馬鹿

ここだけの話が飛び火四月馬鹿

山桜大伯大津と呼ばへども

海棠の眠り足らざるままに覚め
いつの世の花の乞食《ほがひ》でありしかな

鷹鳩と化して引きずる風切羽

どこまでもはだしで走る春の夢

大田螺泥をかぶれば泥となる
春の夢そしらぬふりをされてして

花は葉に千手の一臂翼ふ

身勝手かかつて気ままか花は葉に

青葉雨死もまた一身上の都合

句集　晩緑　畢

あとがき

「慶大俳句」に参加して、清崎敏郎師や、楠本憲吉、杉本零氏等の知遇を得て、俳句にのめり込んでから、またたく間に半世紀以上の歳月が過ぎ去った。

昭和、平成そして令和を迎えた今も、「季題発想」という私の作句信条は変わることはない。

また、俳句は「何を詠まなければならないのか」ではなく、「何をどう詠めばいいのか」であるという私の気持ちも変わらない。

この度の句集名は「新緑」に対しての「晩緑」というほどの心である。

もし、私の作品が人の心に届きにくいとしたら、それは私の表現力が至らぬためである。心して表現力を磨くことに励みたいと思う。

令和元年六月

行方克巳

著者略歴

行方克巳（なめかた　かつみ）

昭和19年（1944）6月2日　千葉県生まれ
昭和38年　慶大俳句会に拠り、清崎敏郎に師事
平成8年　西村和子と二人代表制の俳誌「知音」創刊

句　集　『無言劇』『知音』『昆虫記』『祭』『阿修羅』『地球ひとつぶ』『素数』、自註現代俳句シリーズおよび続編『行方克巳集』
句文集　『漂流記』、『季題別　行方克巳句集』
共　著　『名句鑑賞読本』（藍の巻・茜の巻）、『秀句散策』
紀行文　『世界みちくさ紀行』

俳人協会・日本文藝家協会・俳文学会各会員、三田俳句丘の会会長

現住所　〒146-0092　東京都大田区下丸子2-13-1-1012
Email　katsumi575@i.softbank.jp

句集　晩緑　ばんりょく

2019年8月1日　初版発行

著　者　　行方克巳

発行者　　鈴木　忍

発行所　　株式会社 朔《さく》出版
郵便番号173-0021
東京都板橋区弥生町49-12-501
電話　03-5926-4386
振替　00140-0-673315
https://www.saku-shuppan.com/
E-mail　info@saku-pub.com

印刷製本　中央精版印刷株式会社

ISBN978-4-908978-24-1　C0092